ジャン・ジョニオー
染川隆俊訳

対訳
デルヴォーの知覚

小説

JEAN JAUNIAUX
trad. Herman Dekeŭnink

LA PERCEPTO DE DELVAUX

NOVELO

JN121928

Japana Esperanta Librokooperativo
日本エスペラント図書刊行会

Oficiala retejo de la Muzeo kaj Fondumo Paul Delvaux:
https://mallonge.net/x6
Paul Delvaux en Vikipedio:
https://eo.wikipedia.org/wiki/Paul_Delvaux

ポール・デルヴォー財団・美術館：
https://mallonge.net/x6
ウィキペディア「ポール・デルヴォー」：
https://ja.wikipedia.org/wiki/ポール・デルヴォー

Percepto de Delvaux / Delvaux no tikaku

Originala titolo: Perception de Delvaux /
Perceptie van Delvaux
Aŭtoro: Jean Jauniaux
Traduko al Esperanto: Herman Dekeŭnink
Traduko al la japana: SOMEKAWA Takatosi
Kovrilo: Yanpetro Kavlan (Jean-Pierre Cavelan)
Eldonis: 2023-03-15
　　　Japana Esperanta Librokooperativo
　　　ĉe Kansaja Ligo de Esperanto-Grupoj
　　　Toyonaka-si, Sone-higasi 1-11-46-204
　　　JP-561-0802 Japanio
　　　retpoŝto: esperanto@kleg.org

ISBN 978-4-930785-82-4 C1097

Rememore al Charles Van Deun,

fondinto de la Fondumo Paul Delvaux.

ポール・デルヴォー財団理事長

シャルル・ヴァン・ドゥーンを追憶して

"Ĉiuj faktoj prezentataj en rakonto ne estas nepre fantaziaj."

「物語で提示されるすべての事実が必ずしも架空のものと
は限らない」

"[.....] Legi rakonton signifas ludi ludon, per kiu oni lernas
doni sencon al la sennombraj aferoj, kiuj okazis, okazas kaj
okazos en la reala mondo. Legante romanojn, ni fuĝas de la
timo, kiu kaptas nin, kiam ni provas diri ion veran pri la reala
mondo. Tio estas la terapia funkcio de la rakontado kaj la
kialo, pro kiu homoj rakontas historiojn ekde la praa komenco
de la homaro. Tio cetere estas la funkcio de mitoj: doni
formon al la malordo de la sperto."

Umberto Ecco, *Ses promenadoj tra fikciaj arbaroj*

「……物語を読むことも、遊びなのです。この遊びを通し
て、過去・現在・未来にまたがる現実世界の無限の事象に
意味をあたえることを学ぶのです。小説を読むことによっ
て、わたしたちは、現実世界について何か真実を言おうと
するときに感じる不安から逃れるのです。

　これが物語の治療機能であり、人類が原始以来、物語を
つくりつづけてきた理由なのです。それはまた、神話のも
つ最高機能、すなわち混沌とした経験にかたちをあたえる
機能でもあるのです。」

ウンベルト・エーコ『小説の森散策』（和田忠彦訳）

デルヴォーの知覚

LA PERCEPTO DE DELVAUX

Mi ne facile forgesos tiun renkonton, tiun ŝokon inter du mondoj. Estis vendredo. Kial mi memoras tion? Vendredo estas *la tago de la japanoj*, kiel ni diris ĉe la agentejo. Mi povas eĉ precizigi, ke estis vendredo, la 15-a de julio 1994.

Vizitinte la vidindaĵojn de Bruselo dum la unua tago de sia belga programo, la grupoj da turistoj eniras la aŭtoĉaron antaŭ sia hotelo por komenci la *duan tagon*, la lastan de elĉerpa rondiro, kiu veturigis ilin al preskaŭ ĉiuj eŭropaj ĉefurboj. La sekvan frumatenon ili foriras aviadile de Bruselo al Tokio ekde la brusela flughaveno "Zaventem".

Post Bruĝo kaj Gento[*1] mi prenas la buson al Sint-Idesbald, kiun mia grupo — sendube konsistanta el intelektuloj aŭ artistoj — elektis kiel sian cellokon el inter la posttagmezaj proponoj. Miaj kolegoj jam revenis al Bruselo, kie iliaj turistoj sin provizos en la ĉokolado-vendejoj, kiujn ili rimarkis dum sia vizito al la Granda Placo, aŭ rapidos al la luksaj butikoj proksimaj al la pordego Luiza[*2]. En mia retrospegulo, mi observas la dekon da nelacigebluloj kiuj vigle babilas pri superrealismaj pentraĵoj, belgaj pentristoj kaj kompreneble pri Paul Delvaux[*3], la persono al kiu ili dediĉos la lastajn horojn de sia restado sur la malnova kontinento.

---

*1 Lokaj nomoj : Brugge, Gent.

*2 Lokaj nomoj : Porte Louise/Louisapoort.

*3Prononco: pol delvó

あの二つの世界の出会いと衝撃をたやすく忘れ去ってしまうことはないだろう。それは金曜日のことだった。どうして覚えているのか？　金曜日は、旅行代理店がいう「日本人の日」なのさ。1994 年 7 月 15 日の金曜日だと正確にいうことさえできる。

　ベルギーでの旅程の初日にブリュッセルの観光名所は見てまわり、二日目にとりかかろうと旅行団はホテル前のバスに乗り込んだ。ヨーロッパの首都ほとんどすべてをあますところなくめぐる周遊旅行の最終日にあたる。次の日の朝早く、旅行団はブリュッセルのザベンテム空港から東京へと飛び立っていく。

　ブリュージュとゲントをあとにして、わたしのバスはシント・イデスバルドに向かった。このグループは、まちがいなく知識人、あるいは芸術家で、午後にと提案されたなかから、ここを目的地に選んでいる。同僚はもうブリュッセルに戻り、ツアー客はグランプラスを訪れたときに見つけていたチョコレート店で買い物したり、ルイーズ門近くの高級店に駆けつけているのだろう。バックミラーに写るのは、シュルレアリスムの絵画やベルギーの画家、それにもちろんのことだが、旧大陸滞在最後の時間を費やそうとするポール・デルヴォーについて、さかんに話している疲れを知らない十人ばかりだ。

Ne, ne, mi tute ne parolas la japanan, sed la ĉiĉerono, kiu staris apud mi kun la mikrofono, legis el dika libro — kun pentraĵo de la majstro sur la kovrilo — pri tio, kion ili bezonas scii pri li. Sen tiu libro mi neniam rekonus la nomon "Delvaux" — en la laŭta kaj seninterrompa komentado — ĉu ne ekzistas punktoj kaj komoj en la japana? — komento kiun la ĉiĉerono legis per akra voĉo por siaj samlandanoj, kiuj eligas entuziasmajn kriojn de admiro. Ili aspektis kvazaŭ infanoj dum lerneja vojaĝo. Bonŝance ili ne komencis kanti.

Ni alvenis en Sint-Idesbald je la 14-a horo. Mi nombris miajn turistojn dum la elbusiĝo, por esti certa, ke mi ne postlasos unu el inter ili, kiam ni forlasos la muzeon, en kiun ili nun malaperis laŭ la paŝoj de Kigoŝi, la ĉiĉerono. Mi pagis la biletojn ĉe la muzea enirejo kaj aliĝis al la grupo, kiu jam komencis la viziton. Mi facile retrovis ilin pro la multaj O- kaj A-sonoj. Kigoŝi, kiu ĉi-foje ne havis mikrofonon, kvazaŭ elkriis siajn pulmojn el la korpo antaŭ ĉiu pentraĵo.

Juna virino tre atente aŭskultis la klarigojn de Kigoŝi. Tuj kiam li prepariĝis por ekkomenti pentraĵon, ŝi ekstaris tute proksime de li. Tuj kiam la klarigo estis kompleta, ŝi iris stari antaŭ la pentraĵo kaj rigardis ĝin atente, sola, dum la grupo kolektiĝis en la sekva ĉambro. Mi restis ĉirkaŭ ŝi por certiĝi, ke mi ne perdos ŝin post la foriro.

いや、いや、日本語はまったくわからない。だが、かたわらのガイドがマイクをもって、分厚い本—表紙に絵があしらわれていた—から画家について知っておきたいことを読みあげていたのさ。その本なしでは「デルヴォー」という名前はわからなかっただろう—大きな声の切れ目のない解説—日本語にはピリオドもカンマもないのかね？—ガイドが熱烈に称賛を込めて甲高い声で同じ日本人に向けて読みあげる解説だ。まるで学校旅行の子どものようだ。運のいいことにかれらが歌いだすことはなかったけれど。

14 時、シント・イデスバルドに到着。美術館を去るときひとり取り残したりしないように、降車時に人数を確かめた。かれらはガイドのキゴシに連れられて美術館へ向かい姿が見えなくなった。わたしは入り口で入館料を支払い、もう観覧をはじめているグループに加わった。ＯとＡの音が多いものだからたやすく見つけられる。ここではマイクを持たず、キゴシはどの絵の前でも絞り出すように大きな声をだしていた。

うら若い女性がキゴシの説明に熱心に耳を傾けていた。絵を説明する用意ができるとすぐに、彼女はキゴシの近くに立つのだ。説明が終わるや絵の前に歩みでて、グループが隣の部屋に集まっている間、ひとりでじっと見つめている。離れてしまい見失わないよう、わたしは彼女のそばにとどまっていた。

Ni ekparolis. Ŝi parolis la anglan, sed ankaŭ sciis kelkajn francajn vortojn, kiujn ŝi enmetis en la konversacion por esti certa, ke mi komprenos ŝin. Ŝi admiris la pentriston, al kiu ŝi volis dediĉi sian disertacion. Ŝi studis arthistorion ĉe la Akademio de Tokio. Ŝi volis doni japanan interpretadon al iuj artaĵoj, sed ĉefe demonstri rilaton inter la rigardo de la virinoj de Delvaux, kiuj havas grandajn, nigrajn larĝe malfermitajn okulojn, kaj la rigardon de la virinoj en japanaj bildoj.

Fendokuloj kompreneble multe diferencas de la okuloj ĉe Delvaux, sed la intenseco de la nigro estas same esprimplena, ŝi klarigis al mi, kaj larĝe malfermis siajn okulojn por refermi ilin ĝis nigra streketo. Ŝi palpebrume ripetis tion plurfoje kaj tiam, vidinte mian konsternitan vizaĝon, ekridegis! Mi forgesis diri, ke Juri estis tre bela, ke ŝi konsciis tion kaj ke ŝi iom defiis min. Mi lasis min kuntiriĝi per ĉi tiu alloga ĉarmo, la melankolia rigardo alterne kun la deviga afabla rideto. Hodiaŭ, dudek kvin jarojn poste, mi ankoraŭ memoras ĉiun sekundon de tiu vizito en ŝia kompanio.

わたしたちは話しはじめた。彼女は英語を話したが、わたしがはっきり理解できるようにと、会話にさしはさむフランス語の単語もいくらか知っていた。論文を捧げようとする画家を彼女は賞賛した。彼女は東京の学校で美術史を専攻していた。いくつかの作品に日本語で解釈をおこない、大きく見開いた黒く大きな目をしたデルヴォーの女性の視線と日本絵画にみられる女性の視線との関係を主に論証しようとしていた。

　もちろん、切れ長の目はデルヴォーの目とはずいぶんと異なる。しかし黒の力強さは同じように表現力に富んでいるのだといい、目が黒い線になるように閉じようとして、目を大きく見開いた。そのようにまばたきを何度か繰り返し、驚くわたしの顔を見て彼女は大笑いした。言い忘れていたが、ユリはたいそう美しい。それがわかっているのかすこし挑発するようだった。そんな魅力に、儀礼的でやさしげなほほえみと交錯するもの悲しげなまなざしにとらわれるままにわたしは身をゆだねていた。25 年を経たいまになってもユリといっしょの訪問はまだつぶさに覚えている。

Por doni al mi pli bonan komprenon pri la temo de sia disertacio, ŝi prenis el sia mansaketo libron pri la *"Ukijo"*, la "bildoj de efemera mondo". Ŝi diris la terminon en la angla kaj poste provis ankaŭ en la franca. Fine ŝi prenis notlibreton el sia saketo kaj kaligrafis la vorton japane 浮世, kvazaŭ vidante ĝin mi pli bone komprenus, kion signifas *"Ukijo"*.

Kelkajn semajnojn post sia reveno al Tokio, la juna virino, kiu notis miajn nomon kaj adreson, skribis al mi longan leteron por danki min pro la vizito al Sint-Idesbald, de kiu ŝi konservis intensan vivan memoron. En la letero ŝi kopiis la francan tradukon de poemo priskribanta la *ukijo-n*, tiun arto-movadon, kiun ŝi volis asociigi kun la verkaro de Delvaux.

> *Sperti nur la nunon,*
> *tute fordoni sin al la kontemplado*
> *de la luno, de la neĝo, de la sakuro*[*4]*-florado*
> *kaj de la acerofolio ... ne senkuraĝiĝi*
> *pro malriĉeco kaj ne lasi ĝin pluradii sur vian vizaĝon*
> *sed fordrivi kiel kalabaso*[*5]
> *sur la rivero, tio estas ukijo.*

---

*4 Sakuro (latine *Prunus subhirtella*, japane sakura) estas komuna nomo de kelkaj specioj de ĉerizarboj, kultivataj pro siaj belaj floroj en Japanio kaj iam en aliaj landoj.

*5 Kalabaso: ŝelo de tropika kukurbo (latine: *Lagenaria siceraria*), kiu sekiĝante tre malmoliĝas, kaj estas diversmaniere uzata kiel vazo, muzikila sonkesto, kaĝo ⋯

論文の主題をよりいっそう理解できるようにと彼女は「浮世―はかない世界の絵画」の本をハンドバッグから取り出した。そのことばを英語で口にして、フランス語でも言いあらわそうとした。ついにはバッグからノートを取り出して、「浮世」と日本語で書き記した。それを見れば「浮世」の意味することをわたしがよくわかるかのように。

　東京に戻ってから数週間が過ぎ、わたしの名前と住所を書き留めていたその若い女性が、強烈な生き生きとした記憶ののこるシント・イデスバルド訪問に感謝する長い手紙をくれた。デルヴォーの作品と関連付けようと彼女が考える芸術運動の浮世絵について述べた詩のフランス語訳が、手紙には書き写されていた。

　　　　いまこのときのみを体験し、
　　　　じっくりと思いをめぐらす
　　　　月に、雪に、桜の花ざかりに
　　　　紅葉にと……、気落ちすることはない
　　　　貧しいからと。表情にあらわすことはない
　　　　川のながれにただよう
　　　　ひょうたんのよう
　　　　これが浮世というもの

La cetero de la letero jam enhavis komencan analizon de iuj pentraĵoj. Mi donis ĝin al la Fondumo Delvaux. Eble iun tagon la disertacio de Juri Kikuŝi ricevos agnoskon kaj estos publikigata. Kiu scias?

Tamen, ĉiufoje kiam mi legas ĉi tiun poemon, mi povas pensi nur ke ĝi estis amdeklaro de Juri. Mi scias, ke mi faras al mi iluziojn: kion faru brila studentino pri arto kun simpla aŭtoĉara ŝoforo? Kompreneble mi povintus diri al ŝi, ke estis nur provizora laboro, ke mi ne trovis alian laboron pro la krizo, sed mi mem ne vere kredis je tio... Kaj krome ŝia beleco timigis min. Ŝia ĉarmo kaj ŝia bonkoreco tiel ravis min, ke mi ne volis riski ofendi ŝin interpretante laŭ okcidenta pensmaniero, tion kio sendube estis por ŝi nur ĝentileco kaj bonkoreco.

Ni paŝis de ĉambro en ĉambron. Kigoŝi parolis pli kaj pli laŭte, ni povis trovi lin senpene. Juri lasis la grupon plupromeni por pli detale rigardi la pentraĵojn je sia propra ritmo. Mi promenis kun ŝi, kaj ŝi turnis sin ridante al mi ĉiufoje, kiam ŝi volis altire atentigi min pri detalo, kiun mi pretervidus. Ŝi ridegis. Ŝi prenis mian manon kaj tiris min pli proksimen al si, por atentigi pri la mieno kaj pozicio de nudaj kaj palaj virinoj, kiuj kvazaŭ ŝvebis en scenejoj de stacidomoj aŭ antikvaj temploj.

手紙ののこりには、いくつかの絵画の解釈のはじめがもう含まれていた。それはデルヴォー財団に寄贈してある。いつの日か、ユリ・キクシの論文は認められ、公刊されるのかもしれない。だれか知らないかね？

　とはいえ、この詩を読むたびに、ユリが愛情をあらわしたとしか思えない。妄想だということはわかっている。美術専攻の優秀な学生がただのバス運転手とどうなるというのかね。たしかにこういうことはできたのかもしれない。とりあえずの仕事でね。不況のせいで他に仕事を見つけることができずにいるんだ、と。けれどもわたし自身、ほんとうにそうだとは信じていなかった。それにユリの美しさにたじろいでいた。魅力と善良さに魅せられてしまった。気にさわることはしたくない。彼女のやさしさや心根のよさをまぎれもない西洋の考え方で理解しようとすることによって。

　わたしたちは部屋から部屋へと歩んでいった。キゴシの声はますます大きく、たやすく見つかる。ユリはグループを先に行かせて自分のペースで絵をじっくり見ようとしていた。わたしはいっしょに歩みをすすめた。わたしが見落としているかもしれない細部に注意をうながそうとするたびに、にっこりと振りかえる。笑っている。ユリはわたしの手を取りぐっと近づいて、駅舎や古代寺院を舞台にまるで宙を漂うかのような、衣服をまとわぬ青ざめた女たちの表情や位置に注意を向けさせようとした。

Kiam ni alvenis en la lasta salono, la grupo jam estis for. Kigoŝi intertempe kondukis sian grupon al la elirejo. La silento donis al la ekspoziciitaj pentraĵoj intensecon, kiu ĉirkaŭbrakis nin. Mi komencis paroli pli mallaŭte al Juri, ĉar vizitanto, kiu sidis sur benko kun sia dorso turnita al ni, ŝajne estis tute absorbita en la kontemplado de vizaĝo okupanta la tutan surfacon de pentraĵo.

Tiu ronda kaj mallerte pentrita pala vizaĝo rigardis nin per etaj, malplenaj okuloj. Ili ŝajnis flosi en la maso de la vizaĝo, kiel dronantoj je la horizonto de nekonata mondo. Juri ekprenis mian brakon kaj tiris min al tiu mistera vizaĝo. Per sia miksaĵo de la japana, angla kaj kelkaj francaj vortoj, Juri komentis la verkon por mi. Ŝi mallaŭte parolis por ne ĝeni la vizitanton, kiu antaŭ nia alveno jam devis elteni la laŭtan klarigon de Kigoŝi. Ŝi staris proksime al mi. Mi estis tiel sorĉita pro la odoro de ŝia hararo, ke mi ne atentis tion, kion ŝi diris.

Tiam mi aŭdis, ke la vizitanto ekstaris malantaŭ ni kaj venis al ni. En tiu momento Juri parolis pri la abstrakteco, kiun la artisto atingis fine de sia vivo. Jen esenca formo de justeco en arto, ŝi diris, maniero akordiĝi kun la infanaĝo, kun la alveno en la mondon. Ŝi parolis pri la unua rigardo de la infano direktita al la vizaĝo de ĝia patrino. Tiu unua rekono de estaĵo, de kiu la novnaskito konas nur la voĉon, aŭ pli precize la muzikon de la voĉo, tiu, kiu ĝin lulis tra la vandoj de la varma kaj malhela kavo de la patrina sino.

最後の部屋にたどりつくと、グループはすでにいなくなっていた。そうこうするうちにキゴシはグループを出口へと導いていたのだ。静けさのなか展示されている絵がわたしたちをとらえてはなさない。わたしはいっそう小さな声でユリに話しかけた。というのも、背を向けてベンチに腰を下ろした見学者が、絵全体を覆いつくす顔をじっくり見つめすっかり夢中になっているようだったのだ。

　丸くぎこちなく塗られた青白い顔が小さくうつろな目でわたしたちを見つめている。それはどこかわからぬ世界の水平線で溺れるひとのようで、ひとかたまりの顔に浮かんでいるようだ。ユリはわたしの腕をとり、その謎めいた顔に近づけた。日本語、英語、さらにフランス語も交えて、ユリはこの作品について解説した。わたしたちが来る前、キゴシの大声の解説に耐えねばならなかった見学者を気づかいユリは穏やかに話した。ユリがそばにいる。髪の香りにうっとりしてしまい、わたしはユリのことばに注意を払っていなかった。

　そのとき、あの見学者が後ろで立ちあがり近づいてくるのに気づいた。画家が晩年にたどりついた抽象性についてユリが話しているときだ。ユリによれば、これは芸術における正当性の本質的な形態であり、子どもの時代、この世に生まれてくることを受けいれる方法なのだ。子どもが母の顔に向ける最初のまなざしについてユリは話した。ただその声を、より正確にいえ

Juri estis fascinita de tiuj pentraĵoj, kiujn ŝi ne konis, kiuj ne estis en ŝiaj libroj. En tiuj artaĵoj ŝi trovis novan signifon de tiu "efemera mondo", kiun ŝi provis sentigi al mi. La vizitanto estis tuj apud ni. La maljuna, maldika, blankhara viro sin klinis al Juri por pli bone kompreni ŝin.

Li klare montris ke li aŭskultis ŝin. Mi turnis min al li: liaj okuloj estis fermitaj, kvazaŭ li volis sorbi ĉiun vorton. Juri ne vidis lin. Ŝi faris kelkajn paŝojn malantaŭen por rigardi la pentraĵon en ĝia tuto. Nur tiam ŝi ekkomprenis, kiom proksime la vizitanto troviĝis de ŝi. Ŝi turnis sin al li kaj subite eksilentis, kvazaŭ lia ĉeesto paralizis ŝin.

Ŝi fiksrigardis la vizaĝon de tiu viro, kiu ridetante fermis la okulojn. Per sia mano ŝi tuŝis lian brakon, por ke li sciu, ke ŝi estas proksime al li. La viro tenis la okulojn fermitaj kaj ŝajnis atendi, ke la voĉo rekomencu la klarigadon kaj kunportu lin en la sekretojn de la pentraĵo. La maljunulo ridetis. Li klinis sin al Juri kaj diris al ŝi, ridante, "Dankon pro tio, ke vi *'flosigis min sur rivero kiel kalabaso'*..." Li klinis sian longan kaj maldikan korpon. Li foriris. Li estis survoje al la elirejo, kiam juna knabino metis sian brakon sub la lian kaj afable diris: "Venu onklo, mi gvidos vin."

ば声がつくりだす音楽だけしか知らないでいた新生児が、子宮の暖かく暗い空洞の壁を通して揺り動かしていたその人の存在を初めて認識するのだと。

　本に載っておらず知らなかった絵にユリは魅了されていた。わたしに感じとらせようとした「はかない世界」の新しい意味あいをユリはその作品に見いだしていた。あの見学者はすぐそばだ。年老いてやせた白髪の男は、ユリのことをよく知ろうとユリに近づいた。

　男がユリの話を聞いていることは明白だ。見ると、まるですべてのことばを吸収しようとするかのように目を閉じている。ユリは彼を見ていない。絵の全体を見ようとして、すこし後ろへユリは動いた。そのときはじめてその男がどれほど近いところにいるかがわかった。ユリは振りかえり、まるでその存在に麻痺させられたかのように突如押し黙った。

　目を閉じてほほえむ男の顔をユリはじっと見つめた。その腕に触れて近くにいることがわかるようにした。目を閉じたまま、解説がまたはじまり、絵の秘密へと導かれるのを待っているようだ。その老人はほほえんで、ユリに身をかがめ口にした。「そうか、ひょうたんのように川面にただよう……。」男は長身でやせた体をかがめた。立ち去り、出口に向かっているときだ。ユリが手を差しのべて、やさしく声をかけた。「さあ、ご一緒に参りましょう」と。

Tiam mi komprenis la emocion de Juri. Ŝi rekonis la maljunulon. Paul Delvaux regule vizitis "sian" muzeon. Je la fino de sia vivo li estis tute blinda kaj ŝatis sidi ĉi tie kaj aŭskulti la gvidatajn vizitojn. Tiel li lasis sin forkundukiĝi per la komentoj en ĉiuj lingvoj. Kompreneble li ne komprenis, kion oni diris en la japana, sed tio ne ĝenis lin. Mi pensas, ke li ŝatis la muzikon, la abstraktecon de ĉi tiuj voĉoj. Kiam Juri ekparolis en la franca kaj la angla, li certe estis kortuŝita de la maniero, laŭ kiu ŝi parolis pri lia plej nova verko: ĉi tiu vizaĝo, pentrita, kiam li kapablis vidi nur la neklaran miksaĵon de lumaj makuloj; ĉi tiun vizaĝon, kiun li, laŭ Juri, pentris, instigita de la nostalgio de la novnaskito, al la svaga mistero de nekonata voĉo, al tio, kio neniam plu estos, sed jam eterne estis.

Jean Jauniaux
Sint-Idesbald,
aprilo-junio 2016

22

そのとき、わたしはユリの感動を理解した。ユリは
その老人がわかったのだ。ポール・デルヴォーは定期
的に〈自分〉の美術館を訪れていた。晩年、デルヴォ
ーは視力をすっかり失い、ここに座ってガイドが案内
するツアーに耳を傾けるのを好んでいた。そのように
してあらゆる言語の解説に身をゆだねていた。もちろ
んのことだが、日本語でなにが話されているのかはわ
からない。だがそんなことにわずらわされることはな
かった。思うに、声による音楽、声の抽象をデルヴォ
ーは好んでいたのだ。ユリがフランス語と英語で語り
はじめ、最新作の語りにデルヴォーは心打たれたに違
いない―この顔は、画家が光の点がぼんやりと混ざり
合ったものしか見えなかったときに描かれたのです。
ユリによれば、デルヴォーは新生児のノスタルジーに
促され、未知の声のあいまいななぞ、もうないのだが
かつては永遠にあったものに向けて、この顔を描いた
のだ。

ジャン・ジョニオー
シント・イデスバルド
2016 年 4-6 月

Jean Jauniaux verkis kelkajn kolektojn de
noveloj kaj romanoj. Li ricevis la premion
Auguste Michot de la Reĝa Akademio de la
franca lingvo kaj literaturo en Belgio. Ĉi tiu
premio celas premii literaturan verkon, kiu
"laŭdas la belecon de Flandrio". Li estas
prezidanto de la franclingva centro de PEN
Klubo Internacia.

ジャン・ジョニオーは小説家。ベルギー王
立フランス語文学アカデミーのオーギュス
ト・ミショー賞を受賞。この賞は「フラン
ドルの美しさを讃える」文学作品の顕彰を
目的とする。ジョニオーはベルギーペンク
ラブの会長を務めた。

デルヴォーの知覚

2023 年 3 月 15 日第 1 刷発行
著　者：ジャン・ジョニオー
翻訳者：ヘルマン・デクーニンク
　　　　染川隆俊
表紙画：ジャン=ピエール・カブラン
発行者：染川隆俊
発行所：日本エスペラント図書刊行会
　　　　（一般社団法人関西エスペラント連盟図書部）
　　　　561-0802　大阪府豊中市曽根東町 1-11-46-204
　　　　一般社団法人関西エスペラント連盟
　　　　電話：06-6841-1955
　　　　ファクス：06-6841-1955
　　　　電子メール：es@eranto@kleg.org
　　　　ウェブサイト：http://www.kleg.org
　　　　郵便振替口座：00960-1-60436
　　　　（加入者名：一般社団法人関西エスペラント連盟）

ISBN 978-4-930785-82-4 C1097